호박꽃

호박꽃

· 지은이 | 천민성
· 펴낸이 | 임종대
· 펴낸곳 | 미래문화사

· 찍은 날 | 2008년 7월 10일
· 펴낸 날 | 2008년 7월 15일

· 등록 번호 | 제3-44호
· 등록 일자 | 1976년 10월 19일
· 주소 | 서울시 용산구 효창동 5-421
· 전화 | 715-4507 / 713-6647
· 팩시밀리 | 713-4805
· E-mail | mirae715@hanmail.net
ⓒ 2008, 미래문화사
· ISBN | 978-89-7299-358-2 03810

호박꽃

천민성 제2시집

미래문화사

시간과 시간의 틈바구니에서,
선택과 선택의 갈등 속에서,
삶은 늘 순간순간 버둥거려야 하는 버거움이었습니다.
그때마다 다양한 빛깔의 추억들이 찾아와 지친 마음을 달래주었습니다.

내 사랑스런 첫 시집이 오래 전에 얼굴을 한번 내민 후한동안 잠잠했는데 이번에 제2시집이 또 다시 세상을 구경하고 싶어서 외출을 합니다.
미련과 아쉬움의 과거를 뒤로 하고 새로운 도전을 위하여용감하게 부딪쳐 보지만 그저 평범한 수확만을 거두게 되어안타깝습니다.
그래서 터득한 것이 오늘은 오늘대로 소중한 날이라는 평범한 진리입니다.

짧지 않은 11년의 시간을 전원에 묻혀 살면서 하마터면 잃을 뻔했던 건강도 되찾았고, 이제는 농촌의 즐거운 아낙이 되었기에 도시를 탈출하길 잘했다고 생각하면서 살고 있습니다.

그 사이 내 가족 중 가장 큰 별이 떠나갔지만…….

글과 마음을 제대로 다스릴 수 있다면 내가 한 걸음 더 나아갔다는 증거일 것이며, 그래야 행복감을 갖게 되지 않을까 생각합니다.

2008년 6월
천민성

1 · 마음의 소리

3 · 지금은 내려놓을 때

4 · 삶의 아름다움

1
마음의 소리

그 소리
그대가 원하는 소리

꿀처럼 달콤한 소리
사랑의 소리

이 세상의 모든 소리는
그대 마음의 소리

새해 아침

첫닭 울었을까
무거운 침묵 꽉 찬 이 시간

촛불 하나 밝히고
두 손을 합장한다

어제의 태양은 노을을 떨치고 서산을 넘어가고
빛나는 출발을 준비하는 갑신년甲申年 새해

밝고 환한 모습으로
솟아오르는 태양처럼
밝고 환한 몸짓으로
가까이서 바라보는 너

인연의 실 간추려
충만한 행복과 희망의 타래 엮으리라.
살아 숨쉬는 생명들의 축복으로
환희의 노래 부르리라.

보리밭

봄이 오는 길목
청초록 보리밭

창공에는 봄소식을 전하는 종달새
자지러지는 울음소리

언덕 위
보리피리 불던 그 시절
꽁지머리 친구 간 곳 없고
추억만 아스라이

봄비소리
새울음소리
별들 영혼의 노래소리

삶의 뒤안길에
흔적으로 멀어지는 내 발자국

가는 봄

봄!
봄이 떠난다.
아쉬움에 얼굴 붉히는 산철쭉

산철쭉 화사한 산등성이
주체할 수 없는 아름다움에 한 걸음 한 걸음

꽃은 꽃대로 향기롭고
아름다움은 아름다움대로 아름다운

섭섭함도
서러움도
그리움도 벗어놓고
사랑하고픈 마음만
가득 가득—

당신의 창가에서

당신의 창가
유리창 너머로 마음을 보낸다

먼 길 떠나는 소중한 사람
말없이 뒷모습만 바라보았지

비어 있는 당신의 창가
오늘 더욱 허전하고
갈대잎을 흔들어대는 가을바람

마음을 녹여주는 벽난로가 있고
마음을 열어주는 폭 넓은 창이 있고

그러나 그립구나, 따스한 커피 한 잔
미소로 맞아줄 당신이

오솔길

나의 조상도 이 길을 걸었겠지

산토끼 산노루도 달빛 따라
옹달샘을 찾았겠지

산새소리 벗삼아
오늘도 이 길을 걷는다

아!
나는 행복한 방랑자

삶의 철학

산다는 것은
안개 속을 걸어가는
어두운 방랑자의 한숨

그길은 가면 갈수록 아득해지고
욕망이 눈앞을 가린다

재물·명예·사랑·눈물·이별·만남·기쁨·슬픔
모두 내 것인 양 짊어지고 먼 길을 걸어가지만
그것은 언젠가는 모두 버려야 하는 것

지수화풍地水和風 천상天上으로 가는 법
내 자신마저 버려야 청정해지는 법
부처님의 선각대오先覺大悟
이제부터 무거운 짐을 벗어내는 수행을 하자

향기

솜털옷 연두빛, 은빛, 붉은빛
무슨 색깔로 봄을 마중 갈까나!
겨울 긴 잠에 새 생명은 꿈을 담고
희망을 담고
밤이라는 요술단지는
모든 것을 검게 묻어버리는데
향기만은 멀리 머얼리

기억

너를 처음 본 순간
너를 처음 만나던 날
태양이 솟아오르는 환희를 보았네

꽃 피고
잎새 지고

새울음소리의 의미
봄비소리의 우수雨愁

그것은 온세상이 열리는 감동의 순간이었지
하지만 지금은 자꾸만 멀어지는 너의 모습

웃음으로 바라보던 너의 눈길
봄이 지나가는 길목에서
복사꽃 붉은 연정戀情으로
다시 불타오르네

산사山寺

매양 보던 그 절,
그 산

철 따라 다르게 보임은 마음의 탓
오늘은 외줄기 길마저 낙엽에 묻혔고나

뻐꾸기 울어 조용한 절
꽃잎 다 져도 산 날이 좋아라

허전한 먹물장삼
숲으로 가는 윤회輪回의 스님
무애無涯의 선문禪門 대답이 없고

높은 산 외로운 마루에 머무는
흰구름

문득 산새 한 마리
깃 떨구고 간다

본질

겨울 손님은 춥다고
문을 꼭꼭 닫고
여름 손님은 덥다고
문을 열자 하네

그대와 나 둘이 아니언만
그대와 나 모습이 다르네

때론 속고
때론 속이고
본래는 사랑도 미움도 없었네
그저 움직일 따름!

삶의 진실

산이 야위어 간다
선량한 모습으로 돌아가고 있다
가을산은 인생이다

여름날의 모습은 젊음이었고
단풍 들어 지는 낙엽은
삶의 무상無常

삶에 묶여 있던 시선視線이 죽음에 이르면
집착의 고통도
욕망의 덧없음도 굴레를 벗는다

진실은 가을 산처럼
해맑다

그리움

봉우리는 푸르고 푸르러서
색깔 더욱 새롭고

두 사람의 마음은
두 사람만이 아는 것

맑은 햇살이 눈 시린 비늘되어
뜨락에 내려 앉는 오후

내 주인공이 어디 있느냐고 묻는다면
그것은 군더더기!

봄날

그믐달처럼 사위어간다
에워싸인 삶의 동그라미

어느 산자락에 집을 지어
민들레처럼
바람처럼
구름처럼
어디에 있든 어딜 가든

또다시 떠날 땐 떠날지라도
따뜻한 꽃날의 꽃소식
햇빛의 눈부심처럼
오랫동안 향기 피우리!

마음의 소리

그 소리
그대가 원하는 소리

꿀처럼 달콤한 소리
사랑의 소리

이 세상의 모든 소리는
그대 마음의 소리

부서지지도
변하지도 않는 게 있다면
그건 메아리지는 내 마음의 소리일꺼야!

꿈

인연은 바람일까?

꿈도 없고 생각도 없을 때
마음은 바람을 탄다
인연은 바람처럼 스치고

인생도 한갓 꿈
생각도 한갓 꿈

한갓 꿈
꿈! 꿈! 꿈!

마음의 언덕

마음이 하늘처럼 넓어지면
하늘의 향기가 다가온다

살아 가슴속 진실이 없다면
하늘과 바람과 별빛 아래에
스스로 서보자

하늘은 멀리 있건만
나 이렇게 가까운 곳에서
아름다운 언덕이 된다

밝고
아름답고
따뜻하다

봄비 · 1

봄비는 겨울의 끝자락을 밀어내고
봄비는 겨울의 먼지를 털어내고

무겁던 마음에 설레임을 더해주고
개울 밑 물소리도 얼굴을 내밀고

봄비는
봄소식을 알리는 그림엽서

봄비 · 2

생명 다한 갈대
황금빛깔 갈대숲

소리없이 내리는 비
자존심을 잃은 봄비

스러진 갈대들은
꿈길을 가듯 고요하고

바라보는 이의 가슴은
어느 때보다 허전하구나

삶 · 1

몸속의 뜨거운 피가 소모되어진다
생각이 가슴 깊이 잔잔한 물결로 가라앉는다
욕망은 숯덩이가 되어지고

삶은 자연의 일부
바람 움직임 따라
마음도 함께 함이니

그대도
또 그대도
알고 있으리라

삶 · 2

인생은
그저 하루하루를 더하는 생존

내일은 어떻게 올까?
의문과 함께 잠자리에 드는 것

다시 내일이 오고
숲 속의 새들은 변함 없이 노래한다
태양도 밝게 빛난다

매순간
속고 속이면서 사는 것

삶 · 3

한때는 몸부림치고
한때는 풍요로움

어느 날은 모두 행복했고
어느 날은 생각하기도 싫은 미움
이게 아닌데……
어제를 돌이켜 본다

삶이란 더불어 사는 것
서로의 눈속에 비추이는
그 속에 빠져드는 새벽 별 같은 것!

삶·4

나무는 그늘을 약속하고
소낙비를 데불고 오는 먹구름
바람은 바람을 보내준다.

고추잠자리가 날아 오르면
가을의 찬바람이 일고

달맞이꽃 노랑꽃
밤이슬 머금고 활짝 웃는 그 꽃
새벽이슬에 몸을 감춘다

오솔길에 달맞이꽃 아직 남아 있건만
내가 나를 위로하는 삶
우리는 외로운 나그네일 뿐!

그리운 그대

그대
지금 어디에 계십니까!

길 떠나보낸 나
그림자 드리운 처마밑에서
시간의 매듭을 풉니다.

내 앞에 있는 꽃
그것은 길 떠난 그대의 넋

무엇을 보는 거
무엇을 느끼는 거
그것은 그대와 함께 하는 거

해와 달과 별을 바구니에 가득 담아
커피 안주 삼아 볼까요

달빛 묵상默想

당신의 얼굴로 가득 찬 창문
달빛이 벌거벗은 산을 비춘다.

늙는 것은
언덕을 힘겹게 오르는 것
더 오를 수 없으면 잠 드리라

인간은 자연의 중심
나는 아주 오래된 그림자

어떤 슬픔

엄마가 아프면 슬프다
어찌해야 할지 어떻게 해야 할지

어쩌면 예쁜 새옷 입혀
다시 오지 않을 찰나를 맞이할지도 몰라

가슴 한구석 남아도는 행복
아슬 아슬 울컥
따뜻한 눈물이 주르르

눈물의 색깔은 검은 색이려나

마음 · 1

마음으로
어떤 마음으로
그 마음으로

온 세상에 바짝거리며
지고의 선 속으로
둥둥거린다

음지에는
화려한 햇살옷을 그리는
바람

아직은 우아한 계절
그림 속의 연인들처럼
신비로운 빛

사랑
웃음
눈물
잡힐 듯 빠져나가는
슬픔

마음 · 2

받은 만큼 돌려주고
되돌린 만큼 찾아주고

하지만
주는 것도 마음
받는 것도 마음

그 마음의 중요함을
무엇에 비교하리

형식에 따라 내용도 함께 하나니
세상엔 정말 공짜가 없다

느낌

생각에도 모양이 있다면
마음에도 모양이 있다면

바라보는 초상화는 그냥 초상화일 뿐
외모 때문에 웃음거리가 될 이유는
누구에게도 없다

다만
서로 다른 두 개의 가슴뿐

일상日常 · 1

비바람 몰아치면 몰아치는대로
적막이 찾아오면 찾아오는대로

어둠 깃드는
죽은 듯이 고요한 밤

뭔가 쓰고 지운 뒤에 남는 무늬
시커먼 멍

노을이 지면
생각의 함정 속으로
풍덩!

일상 · 2

바람이 조금 분다
바람이 조금 더 세게 분다

세상의 모든 흔들림이 위스키를 마신 것일까?
줄장미 꽃잎도
흙장미 꽃잎도
같이 춤을 춘다

취한 꽃잎은 취한 채로
편안한 잠을 청한다

마당에 누운 꽃잎들
겹겹이 쌓인 이불
내가 정신병자에 취해 있나?

일상 · 3

지루함의 반복
내 모습 필름에 담아
먼 훗날 다시 보자

새로움과 또 다른 과정을
살아왔던 삶의 모습을
겹치는 행복과 아름다움을

오늘과 내일이
또다시 함께

일상 · 4

제 집에 있으면서도 어떤 때는 손님처럼
어떤 때는 빚쟁이처럼
또 어떤 날은 하루종일 쿨쿨쿨
뒹굴고 간간히 글도 지어 보지만
그래도 한없는 적막
쓸쓸함은 늘 집 밖의 일들을
담담히 세상 밖의 일들을
그리워한다
허허로운 소리
소리들이 뒤안길로 돌아가고 있다

산행山行

잿빛 하늘에 출렁이는 나뭇잎들
누워서 바라보는 하늘은
한국화 한 폭

몇일 쉬었던 산행
잡을 수도 보이지도 않는 마음은 벌써
도착지에 가 있고

바위에 등을 대고 바라본
또 다른 산

삶의 아귀다툼에서 격리되어
홀로 숙성되어가는 이유

솔바람 꽃내음 함께 하면
이곳도 하늘이려니!

파도 · 1

꽃 피는 봄날에는
잔잔한 물결 되어 네게로 다가가고

태양 눈부신 여름날에는
모닥불 열정으로 타오르고

낙엽 먼 길 떠나는 가을날에는
한 점 흰구름 그리움으로 뜨고

어느새 하얀눈 겨울날에는
성난 파도 되어
너의 가슴 때려도 보지만

아프구나, 사로잡을 수 없는
너의 마음

부딪쳐서 깨어지고
깨어져서 하아얀 물거품으로 밀리는
내 마음

파도 · 2

바위에 부딪친다
서로서로 얽힌 채
반복되는 소용돌이

처음도 끝도 없는 어두운 허공
회오리 바람 일 때마다
부서지는 신음소리

잔인한 건지
단지 미친 건지
힘은 어리석게도 또다른 힘을 무너뜨려도

오!
봄향기 같이 기분 좋은 냄새

바람

내 집을 가장 많이 찾아주는 건
자기 오고 싶을 때 가리지 않고 방문하는 건
그것은 가장 자유로운 바람
형체가 없는 바람

마음 둘 곳 없는 스산한 날에는
그저 둥— 둥— 둥—
우거진 풀숲 헤집고 다가오는 소리
그리운 님의 가쁜 숨소리

욕망

가까워질수록 욕심이 생기고
가까워질수록 집착이 생기고

가까이 닿을수록 출렁이는 욕망
욕망은 속으로부터 썩어진다

욕망이란 결국
살아 있는 사람들의 생각인데

전화

흐린 날씨
구름이 낮게 내려앉아
낯선 공기와 마주한다.

사삭거리는 바람에
흩어지는 잎새들

가끔은
잊혀진 사람이 된 게 아닐까 하는 불안

죽어버린 줄 알았던 전화가 상냥하게 부른다
반가움이 엉겨
누구라도 탱큐!

섭리 · 1

하늘이 따사로운 귀를 땅 위에 포갰다
오, 놀라운 조화

사람들아
눈으로 바라보고
귀 귀울여 들어라
반짝이는 모습 보이고
속삭이는 생명의 소리 들리리라

지금의 우리도 우리다
변함없는 세월과
쇠약해졌지만 구름 뒤에 숨겨진 햇살
그 밝은 햇살로 내일은 또다시

섭리 · 2

하늘과 땅에는 끊임없는 생명이 이어진다.
해와 달은 날마다 새롭게 뜨고

예정된 것은 아무것도 없다
오직 모를 뿐 숲과 별빛
오직 갈 뿐 그리고 이슬

일몰日沒

언덕 위
불어대는 밤바람에
먼지만 풀썩풀썩

풀썩이는 소리마저 황량해서
검게 묻어나는 고독

색바랜 검은 옷자락
분위기마저 낮게 드리우네

산속에서

새벽 산행
어둠 속 안개에 싸여
조심조심 발등만 내려보며 한 걸음 한 걸음
갑자기 수다를 떨며 일어서는 기억 속의 잡담들
상대는 나!

할말은 많아도 입은 무겁고
생각은 더욱 무겁고

계절은 봄
생각도 봄 봄 봄

2
잠 못 드는 밤

한밤중에 만났던 악몽보다
여전히 혼자라는 것이 서러운 나

새벽녘
모퉁이를 돌아드는 어제의 날들이
낙엽되어 쌓이고 또 쌓이고

강물

얼마나 무심한가?
무심히 바라보고 있으면 내가 강물 된다

조용하고
평화롭고
그저 담담하게

내가 태어나고, 내가 죽어도
변함없이 무심한 강

인생 별것 아니란다
강의하는 강물

창가에서 · 1

깊어가는 가을
오래된 풍경들이 추억을 만들고

강하게 때론 약하게
어느새 소리없이 겨울이 다가선다

창문유리에 흐르는 빛줄기
유리창 사이로 가느다란 창턱의 먼지들이
옛일기장인 듯 잠들어 있다

그대로부터 멀리 떠나 있는 나
무거운 삶에서의 또 하루

창가에서 · 2

창밖에 눈발이 흩날린다
잘게 부서져 흩어지는 상념

갑자기 눈발 멎고
제 꼬리를 쫓아 빙빙 돌다가
헐떡거리며 나가 떨어진 강아지

자연스런 눈송이
생명이 다하는 곳은 그 곳뿐

시골

엄지와 검지로 미간을 누르고
눈을 감는다

다시 일어나
커피를 마신다

생각은 격렬한 환희로
마음은 서로 엉겨 현란한 춤을 추고

일시에 나눔의 입덧하는 시골 풍경
변덕스러움이 한층더 높아지누나

소나기

검은 물방울을 머금은 먹구름이 점점 커지더니
후두둑! 쏟아지는 소나기
물방울의 무게가 구름의 벽을 찢는다

바람을 알리는 풍경소리도
연인의 뜨거운 정염도
폭우소리에 스러져버린다

회상回想

겨울 해 뉘엿뉘엿
뒤따르던 그림자
구부정한 그림자
느릿느릿

불신을 피하고픈
짙은 어둠의 고독

긴 숨 후욱 들여마시며
잠시 놓쳤던 현실

그 이의 생명이 떠나던 날
그날도 하늘이 회색이었었나

계곡에서

별빛과 달빛과 햇빛
계곡의 은밀한 바위틈
이슬 머금은 풀꽃 한 송이

하루를 마친 태양이
바람에 실려 산마루를 넘어가면
서늘한 기운이 싱싱함을 더해준다

보이지도 않고 잡을 수도 없는 마음
이 마음 벌써 어디만큼 가 있건만
나 이젠 어제의 마음으로 돌아가리라

기대도, 미련도, 기다림도
어제의 마음으로 되돌리리라

어찌할까
미운 마음, 서운했던 마음, 아픈 마음
어제의 마음으로 돌아가리라

바램

우리 결혼할까요?
욱신거리는 상처 매만져주고
마음속의 마음들 함께 나누며
아주 작은 것까지 사랑하고 싶어요.

혼자보다는 정겨운 마누라, 따뜻한 남편
소중한 이름으로 다가서는 우리네
우리 함께 사랑을 나누어 볼까요?

잠 못 드는 밤

기나긴 밤 잠들지 못하고 뜬눈으로 지새움은
평상시와 다름없는 일상이련만

문득 스쳐가는 그대와의 추억
반쯤 생기다 만 기쁨에 잦아드는 가슴

한밤중에 만났던 악몽보다
여전히 혼자라는 것이 서러운 나

새벽녘
모퉁이를 돌아드는 어제의 날들이
낙엽되어 쌓이고 또 쌓이고

떠나간 그

구름 잔뜩 머금은 날
어디론가 한없이 떠나고 싶다.

회색빛깔의 그날
좋은 친구 한 사람 잃었지
마지막 목소리 언제였나

남의 아픔을 치료해 주던 그
아픔을 안타까워 해주던 그

아무도 지켜주지 못한 그 빈집에서
어깨에 날개를 달았다면 좋았을 텐데

허무虛無

누구나 한번쯤
허무를 느낄 때가 있다
서늘하게 식어지는 내 청춘에 바람이 불고
오늘도 나는 혼자 집으로 간다
비 걱정 가뭄 걱정하지 않는 내 발자취는
무지개만 쫓는다

바다에게

바다!
출렁이는 바다여!
무에 그리 할말이 많아
밤새워 철썩이느뇨, 바다여!

그대의 연인도 바다라고 하소연하건만
사랑은 두려운 모양이네

사랑한다고 썼다가 지우고
다시 써보지만 또 지우고
마음속에서도 철썩철썩 출렁이는 소리뿐

출렁이는 당신의 밤
사연 담은 편지 하나 띄워 보낸다.

폭우

물방울 머금은 먹구름
내 머리 위에서 잔치벌였다

이윽고 구름을 가르고
쏟아지는 물방울 물방울 물방울

함께 모여 통곡한다
더불어 오한에 떠는 나

이런 때 그이 오면 얼마나 반가우리

혼돈混沌

그리움이
저녁노을처럼 가슴을 파고듭니다
강산도 낯설고
낯익은 사람도 낯설고

그리움이 문지방까지 날아들어
'그대 오셨는가?
되돌아 가셨는가?'

예전에 깨치지 못했던 하고 싶은 말
꼭 전해야 했던 이야기
이건 이렇고 저건 저렇고

들어줄 사람도
기다려 주는 사람도
반가워 해줄 수도
내 뜻을 전할 수도
예전에 몰랐던 시간이
어느 만큼 멀어져야 되는지
내 마음 뉘일 곳이 어디인지

잠든 의식

바람이 있는 날에도
바람이 없는 날에도
서그럭거림 가득한 가슴속

수많은 서성거림들이 밤마다 내 몸을 친친 감으며 묻는다
산다는 것은 한때의 뜨거운 열정

지나간 발자국 이제 문득 둥글고
둥근 그리움만 칸칸마다 담겨 있다

문득 잠든 내 의식을 깨우는
소낙비 소리

또다른 폭풍

폭풍우 지났다, 아니
더 큰 폭풍 올 수도

그리움도 폭풍일 수 있고
사랑도 폭풍일 수 있다

겪어보지 못한 눈부신 나날도 폭풍일 수 있고
슬픈 삶 속에 섞여 있는 즐거움도 폭풍일 수 있다

이젠 서로의 마음에 불을 놓으리
더운 이마에 이슬 맺힐 때까지

눈물

폭우 지나고 노을진 저녁나절
그리움의 산 너머로 빙긋 웃는 너의 모습

그 모습 찾아 떠나는 허전한 길에
코스모스 맘껏 피어 살랑거린다

뽀이얀 그리움의 안개
젖어드는 순간
조용히 굴러 떨어지는 눈물
한 방울

야생화

비틀비틀
휘청휘청
강하게 자라는
한해살이 풀꽃

서러움엔 몸부림이고
즐거움엔 마음 흐르는 노래소리

길가에 늘어선 야생화
앙증스러운 꽃이파리들
보고 보고
또 보고

이별의 미학美學

태어남, 만남, 그리고
만남의 시작은 무지개빛과 함께

사람 사이에서
보이는 것과 보이지 않는 것들
그런 것들을 그리워하며

태어남은 헤어짐으로
만남 또한 헤어짐으로
햇빛은 햇빛으로
구름은 구름으로

마음은
그 뒤에 숨어 있는
또 하나의 마음은
바람이 된다.

저녁 햇빛 등에 지고
불 꺼질 때

호박꽃

간밤의 별빛 머금은 노란 함지 속의 아침이슬
포근히 감싸안은 여유로움이 빙그레 웃는다

꽃술 그 깊음의 속마음을
벌 나비 아니면 누가 알랴!

그 꽃의 여유로움
그 꽃의 예쁜 생각
그 꽃잎의 부드러움
갓 시집온 새색시의 모습

아침 안녕
호박꽃 안녕

달맞이꽃

나뭇잎에 떨어지는 물방울
천둥소리 요란하다

땅 위에 뒹구는 물방울
도르르 말리고

꽃잎에 떨어지는 물방울
이슬을 닮아 있다

비세수하고 옷단장하니
소리없이 환한 얼굴

포장마차에서 · 1

한잔— 한잔— 또 한잔
시작도, 마무리도
한잔

한잔의 너그러움에
삶의 여유

지금 기분 좋으십니까?

포장마차에서 · 2

이러쿵 한 잔
저러쿵 두 잔
백설주白雪酒로 석 잔

그러니 한평생 술,
술,
술

세월 · 1

왜 이리 캄캄할까?
사십대 아들,
'털실이 작은 바늘귀에 꿰어지나요?'

나이를 먹는다는 것
생각의 차이
견해의 차이

작은 바늘에 굵은 실을 꿰는 것은
세월을 뒤집고 싶은 욕망

까만 눈물 가슴 밑바닥에서 넘치는 건
자연스러움의 집착일까?

세월 · 2

또 한 장의 달력이 도망갑니다
용감한 새 달이 똑 똑 똑 두드립니다.
마음 안으로 들어와도 되느냐고?

희망 · 1

눈으로 채우고
마음으로 채우고
그래도 텅 비어 있는 느낌

자신에게 이기적인 마음은
최대한 이성적인 마음으로

믿는 마음은 관심으로
마음은 내 안에 있건만

허공은 헛되이 맴돌아도
여운은 열리는 새 희망

희망 · 2

만약 시간을 내 안에 저장할 수 있다면
세월을 영원히 가질 수 있다면
가슴속 상자의 소원이 이루어질 텐데

하루에는 하루만큼의 그릇만 채우며
내일을 바라보리

갈대숲

잠시 떠나고 싶습니다

바람이 되고
바다가 되고
산허리 휘도는 구름도 되고

수런수런거리는 갈대숲 실바람과
가을을 알리는 고추잠자리

생각의 날개 끝 끝없이 흔들리는 바람소리
두런두런 이야기 소리!

마음의 공간

깊은 숲속에서 외톨이가 되자
언제나 외톨이지만 또다시 텅 빈 것처럼

이름 없는 누구
얼굴 없는 누구
내 안에 남아 있는 그 누구

방향도 없고
하늘도 땅도 텅 빈 공간

그 공간이 조금씩 조금씩 싹을 틔운다.
살아 숨쉬는 바람되어 방랑의 길을 떠난다

이것이 삶의 실제적 진실이 아닐까?

새치

기척도 없이 찾아오는 놈
느낌은 없는데 때를 가르쳐 주는
반갑지 않은 놈
주인이 알기 전 상대에게 먼저 인사하는 놈
지나간 시간을 찾게 하는 놈
누구도 반가워하지 않을 놈

인생 · 1

죽음이 가져다준 이별
그 슬픔

있는 자 이기심 버리고
가진 자 허상을 버리면
과거의 때 벗겨지고
삶의 환희 찾아오련만

사랑도 한 때
눈물도 한 때

마음속 버리면 꿈의 길, 해탈解脫
그것이 인생 아닐까?

인생 · 2

우리의 삶이 아쉬운대로 한 오백년쯤 된다면
실수도 하고, 뉘우쳐 보기도 하고, 또 생각도 해보고

하고 싶은 것 다 해볼 수 있고
그렇게 욕심내어 본다면
쌩뚱한 생각을 해 봄직도

엎으러지며 나자빠지며
겨우겨우 이생 꾸려 가는데

굽이굽이 한숨과 또 한숨
인생을 살고 나서야 인생을 알겠지

인생 · 3

삶은
떠남의 시작

만남은 잠시
헤어짐이 슬프고
배반하는 삶, 가슴이 아프다.

시간 끝에 매달린 우리의 삶
또 다른 시간을 향해 가는
나
미래에 매달리는 모습이 애처롭다

자연 · 1

인간과 인간의 유대紐帶
인간과 자연의 공존共存

살아 숨쉬는 작은 미물일지라도
삶의 고마움을 표현한다
소리로
날개짓으로

이 세상, 메마른 합리주의의 틀
자연은 인간에게 넘치는 쾌적함을 주고
삶의 기쁨을 느끼게 하는 생명을 준다

산소리
물소리
바람소리와 함께

자연 · 2

바다
파도
모래밭
나를 위해, 당신을 위해
오래전부터 준비되어온 것들

깨끗하고
아름답고
평화롭고
서로를 위해 투자한다면 넉넉한 마음 되리

자연은
사람이 끼어들지 않아도 기울어지지 않아

첫 만남

두려운 모습
어색한 얼굴
어렵게 시작했던 사랑

처음 수줍게 너의 손을 잡아
얼굴을 마주 보던 날
다시 살아난다, 그날의 내 몸짓

내 가슴의 가장자리
아직도 남아 있다, 그날의 설레임

회한悔恨

풀 위를 뒹구는 바람
작은 이파리들의 흔들림
내 얼굴에 그늘지는 것들

홀로 나 홀로
누구를 원망하리

바람 흔들지 마라
바람 나부끼지 마라

잿빛 하늘을 우러러
울부짖는다, 소리내어

눈물로 태어나고
때문에 회한으로 마감하는가?

산

뒤엉켜진 풀가지들 헤치며
때론 껴안으며

때론 안타까운 마음으로
너의 생명을 꺾어놓고

어디서나 조용히 그 길을 헤치며 오가는
발자국뿐

어디에 누워도 떨쳐내지 않는 너
너 위에 나를 쓰러뜨린다

외로움을 함께 하면 그것은 행복
더불어 편안함까지
나, 너의 그림자 되리

권태倦怠 · 1

지루하여라!
지루하여라!

머문다는 것
머문다는 거

그저 숨쉬는 것이
사는 것인 양
삶 위에 삶을 포개어 가는 것은
정녕 가치 없는 일이구나

쉴새없이 날름대는
세월의 슬픈 미소가
생각을 삼켜 버리고

권태 · 2

고요히 앉다
아무 속 뜻 두지 않고

그리하니 더욱
성근 게으름이 몸에 감기고

손님이 찾아와도 말없이
혹 찾으면 건네는 이야기 몇 마디

무심히 식어가는
차 한 잔

새

어느 날 이층 쪽문 창가에 새 한 마리 찾아들다
생각을 빼앗겼다, 구질구질한 잡념도 빼앗겼다
혼자 노는 게 심심하여 친구하자 불렀다

눈길마저 높은 이층에 새 한 마리, 인간이 두려워
눈길마저 높은 이층에 새 한 마리, 욕심이 두려워

도망다니네, 또 다른 자리에 허무의 그림자 하나
미안하다, 다시 와 노래나 불러주렴

삶의 자세

현명한 사람은 미래를 생각지 않는다
내일이 어떨까를 묻지 않는다
자신의 인생에 만족하고
자신의 방식대로 산다
삶에 무엇인가 허점이 보이는 건
인생살이에 따뜻한 마음이리라
내일을 모르는 지금이
가장 행복한 오늘이리라

3

지금은 내려놓을 때

어둡고 아득한 터널을 지나
환하게 열리는 새벽

마음 깊은 골로 흐르는 그리움
지금은 그것들을 내려놓을 때

바닷가에서

해 저문 바닷가 모래밭
모래만큼 많은 사연
저마다 간직한 비밀

아픔은 조금
슬픔도 조금
눈물은 아주 조금

외로운 사람에겐 낭만을 주고
눈물의 사람에겐 웃음을 주고

내가 만지고 싶어하는 행복!
그리운 행복!

시간

과거를 되돌리지 말고
미래를 초대하지 말고

인생은 한갓 꿈
살아도 한갓 꿈

시간 속에는
아무것도 없느니!

방황 · 1

한 기억 속의 방황
한 기억 안의 방황
동서남북 사방이 꽉 막힌 방황

이 막막함이 무엇인지
묻지마소서

좀더 울울이 살지 못한 죄
눈가에 맺힌 소금기
짧은 청춘은 꿈결처럼

어두운 뒤꼍에서 울고 있는
바람소리, 바람소리, 바람소리!

방황 · 2

삶이 묻는 말에 대답하다가 지친 사람들
시간이 지천으로 넘친다는 지겨운 실감
자신을 거두지 못하면 시간의 낭비
삶이 묻는 말은 삶의 뿌리로 남을 것
푯대도 없고 앞뒤도 없는 물음이
아직도 까마득한 미궁 속의 내 모습
지나간 시간 때문에
지금의 값비싼 시간을 지불해야 하나

상실 · 1

바다가 갑자기 부풀어 오른다
세차게 밀리는 하이얀 파도
무한대의 꿈틀거림

방파제와 선박들이 함께 부풀려지고
그러다가 잠시
때린 자 잠들고
매맞은 자 함께 잠들고

그대 두 팔 벌리면 사랑
엄청나게 비 퍼붓던 그 날도 사랑

나 홀로 있는 이 시간
아무런 일도 없었던 것처럼

상실 · 2

돌담 밑 풀잎에도
돌틈 사이 민들레에게도

사랑은 있다
먹구름 속 한줄기 빛에도

사랑이 있어 슬퍼했던 일들
바람처럼 흩어져버린 시간들

지금 내 가슴에 남은 건
텅 빈 공간뿐

하현달

선달그믐께 새벽 하늘
하현달이 애처롭다

하늘을 받치고 있는 힘겨움

또다른 모습으로 변신할
그날을 꿈꾼다

흐린 날

커다란 보자기가 하늘을 가린다
머리 위를 덮어씌우는 그 아래에서
어둠에 지지 않으려고 허우적거리는 모습
천근의 무게로 누르고

헤쳐나가기 쉽지 않은 미궁迷宮 속으로
먼 데서 출발해서 지금 막 도착한 별빛

내 마음속에서 문득
흘러버린 메아리 같다.

자성自省

꽃은 찬란해도 때가 되면 고개 숙이고
즐거운 세상
고통의 세상

혹은 둥글고
혹은 너그럽고
어느 누가 영원할 수 있으리

덧없는 걸음
넘기 버거운 산

헛된 꿈 꾸지 않고
망령된 꿈 취하지 않으리

추억·1

어느 객客이 주인의 안에 자리하고 싶단다
주主와 객이 크게 다를 바 없는 자리
출입문을 여는 사람은 주가 되고
한 발 앞서면 객이 되는

다시 열기 두려운 옛날의 보물상자
뚜껑을 여는 순간
연기처럼 사라져 버릴세라

한 뼘밖에 없는 무대
되찾을 수 없는 무엇

세상이란 깊고 깊은 것이며
든든하고 든든한 것이며

추억 · 2

변해가는 세상이여
변해져 가는 세상이여

아름다운 시대여
사라져가는 청춘이여

과거와 추억이
방울 되어 떨어지는 눈물

돌아오지 않는 그림자
영원히 내 가슴에—

늙음에 대하여

나이를 먹는다는 거
자랑스럽진 않지만 부끄러운 것도 아니고
얼굴의 주름살도 부끄러운 것 아니고

검은 머리 단풍잎 닮아가지만
자연스럽게 나이를 먹는다는 거

삶의 길이가 길어지면
아는 게 많아지는 것도 귀찮다
귀도 어두워지고

맑은 날
잘 닦여진 거울 속의 나는
아직도 청춘에 멈춰 있다

가을의 연서戀書

바람이 분다
낙엽이 떨어져 쌓인다
님을 향한 내마음도 떨어져
쌓인다

결 고운 계절
단풍잎 하나 책갈피에 넣어두고
이 계절 다 가기 전
그대에게 편지를 띄우고 싶다
사랑의 연서

풍경

누구든 그 마음속은
산속에 자리한 암자다

물은 낮은 데로
햇볕은 시간을 알려주고

달빛도 경계가 있다

구름은 걸어온 흔적을 지우고
제 자리를 벗어난 별은 불쌍하다

더불어의 삶
섬김의 삶

넓고
편편한 풍경이다

사랑

사랑이 뭘까?
결혼이 뭘까?
자식이 뭘까?
연인이 뭘까?
미움이, 행복이?

사랑은 길들여지지 않고
통제되지 않고
가두워지지 않고
가끔은 방황과 혼란에

그것을 알게 되면
기쁨은 배가 되리

상념想念 · 1

겨울 아침
도시는 흰색으로 요란하다

복제된 삶
복제된 생각

시대에 따라 상식도 바뀐다
아파트도 편안한 삶터
약속도 없이 나그네를 기다린다

계절과 인생이 다를 게 없다
새봄의 출생도 한여름의 왕성함도
가을 햇볕 잦아지고
어둠이 내리면
둥지로 찾아드는 평안

상념 · 2

오늘 오늘
지금 지금
이곳 여기!

바람은 바람에 대해 생각하지 않는다
빈 그릇에 숟갈짓 한 것처럼
허전한 밤

그저 한꺼풀 눈으로 먹는 밥
마음으로 먹는 밥
맛으로 느끼는 숟가락

숟가락 놓으면 그곳에 지옥일 거야
가는 시간의 끝이 시작이다.

생명

살아 있는 생명이
살아 있는 생명 앞에서
살아 움직이는 모습

땅속에서 올라오는
시간의 지혜

죽음을 친구처럼 함께 하면
살아 있는 생명이 행복해지리

지금은 내려놓을 때

네가 내일 아침에 날 찾아 온다면
나는 지금부터 행복해질꺼야!

마음에 새겨진 오솔길도 만나고
잔잔하게 피어오르는 미소도 만나고

어둡고 아득한 터널을 지나
환하게 열리는 새벽

마음 깊은 골로 흐르는 그리움
지금은 그것들을 내려놓을 때

의문

마음속에도 하늘 있고, 땅 있고
마음속에도 사랑 있고, 미움 있고
마음속에도 따스한 햇볕

부끄러운 일, 후회스러운 일
찢어진 마음, 할퀴어진 마음

모두 모아
하얀 도화지에 꽃으로 그린다

그 다음은?

후회

사랑하는 사람을 달래 보내고
서러운 눈물방울
뚝! 뚝!

멀어지는 그의 어깨를 보며
한번도 사랑한 적이 없어서
사랑해 주지 않아서
미안한 마음

새벽안개처럼 돌아올 내일은
새롭게 새롭게

반추反芻

누구 없는가?
무얼 먹고 싶은가?
무엇을 하고 싶은가?
누구를 보고 싶어하는가?

심장을 떨게 했던 욕망들은 다 어디로 간 것일까?
소리 친들 누가 들을 것인가?
내 무거움이 나를 더 낮은 곳으로 추락하지 않게
단순하게, 더 단순하게
긴 여행에서 돌아온 것처럼

작은 희망

밤이 끝나면 좋을 텐데
별빛이 스러지면 좋을 텐데

달빛 숨어들고
둥근해가 두둥실 떠 오르면 좋을 텐데
새날이 오면 좋을 텐데

바람이 불어 옷깃을 스쳐도 좋고
바람에 흔들리는 풍경소리도 좋고
미소 짓는 바람은 보드라워 더욱 좋고

어떤 날

비오는 날 술 생각나고
첫눈 내리면 첫사랑 생각나고
마음은 날씨를 따라 움직인다

비 오고 바람 부는 날
눈 오고 흐린 날
사랑하는 사람 있어 사랑고백을 한다면
떠오르는 감성
부푸는 마음

첫잔의 술맛처럼
먼— 기억의 첫사랑처럼
분위기가 분위기에 젖어든다

당신

새벽 하늘 하현달이 웃고 있다
먹구름 사이 상처난 하현달
무엇을 생각할까?
무엇을 보았을까?

내가 나를 생각하는 내 마음과
잔잔하면서도 곤궁한 내 영혼의 빈자리

찰랑!
차오르는 사랑을 주고 가는 당신

허수아비

황금물결 출렁이는
가을 벌판
밀짚모자 눌러쓰고
두 팔 벌려

참새를 쫓던 그 모습
지금은 어디로 갔누

찬바람 불어오는
황량한 벌판
외로이 서 있는 너의 모습

눈물로 번지는
노을도 섧다

낙화落花

바라보는 시선이 눈부시어
수줍어 견디지 못하고 떨구는 자태
더하지 못하고 생애를 마치는
꽃이파리들

우울한 사람에겐 희망을
행복한 사람에겐 또다른 행복을

자연은 사막 한복판의 오두막에서
내년에도 또 내년에도
아름다운 눈부심을 선물하겠지!

별

소란소란
떼 지어 달려오는 별빛

기둥을 세우고
지붕을 덮고
그리운 너에게로 가서 별이 되었으면

아름다운 사람들의 아름다운 이야기
그리운 너에게로 가서 별이 되었으면

사람 하나 죽으면 별이 하나 더 뜬다고
내 죽어 별이 되었으면—

행복했던 날

아우성
어제의 당신 아직도 내 안에 있다고
또 아우성

해저문 바닷가 물새 발자국처럼
내 안에 남아 있는 당신

기쁨이 떠나고 슬픔이 오기 전
그래도 조금은 아름다웠고
또한 행복했노라고
훗날
먼— 훗날

소망

시간과 시간의 공간
선택과 선택의 과정
삶은 순간순간을 버둥거려야 하는 몸짓

아련한 추억은
다양한 빛깔

지금 가는 이 길과 가지 못한 길
현실인 걸 어떡해

어제, 오늘, 내일,
평범한 날들
미래에는 필연必然과 인연因緣이 함께 하소서

야경夜景

잠을 잃었다
정신은 차갑게 깨어 있고

때때로 어둠의 날카로운 울음소리
창문 밖엔 무수한 별들의 반짝거림
숨이 막히게 아름답다

별뿐이랴
내가 알지 못하는 구석구석
눈이 미치지 않는 곳
달빛 먹고 자라는 보리밭

후울 후울
돌아가리라

삶의 의미

삶은 여행이다
경험이며
좋고 나쁨의 생각이다

어제도 오늘도 내일도 변하는 것
새로운 방식으로 변하는 것!

지나온 삶은 현실에서 멀어지고
이 순간의 삶은 이전에 존재하지 않았던 것

지금 만나는 모든 것
생각의 모든 것

또다른 목표를 향해
정거장에서 정거장으로 이동하는
여행

생명력

인간은 행복을 누리기 위해 선택 받았고
행복만이 어떤 고통도 참아낼 수 있게 한다
삶이 짧고 허망한 건 사실이지만
자존심과 용기가 생명력을 넣어주고
그 생명력은 살면서 부딪히는 고통과 불행을
견딜만하게 해준다

어느 날 아침

논둑길, 밭길, 산길, 이웃하고
산 냄새, 들 냄새
어둠 묻어 있는
아침의 냄새

빗물 먹은 흙길은 양탄자 같고
그길 걷는 발길은 새털 같아라

새소리와 바람소리 한데 어우러져
더 없는 봄의 교향악이어라

산사의 가을

하늘이 맑다
천지에 단풍만 그득하다
고요한 산사

홀로 선 석등 너머 느티나무 단풍
잎이 바람따라 춤을 춘다
가늘게 풀리는 풍경소리

그 소리 따라 모이고 흩어지는
고운 빛깔들
가을의 산사에는
단풍들이 법석이다

아침 풍경

천구 햇살이 하늘과 땅을 채우면
연보라, 노란색, 붉은색이
소용돌이치는 수묵화를 그린다

밤사이 떨고 있던 아침이슬들이
친구하자며 수다를 떨고

가장 순수한 상상으로
보이지 않는 것에 생명을 주는
아름다움

나

하늘로 하늘로 오르는 연기는
여기저기 상처가 생겼다

낙원과 그 반대의 것이 들고 나고
여기에선 시간이 중요한 게 아니다

바깥쪽은 시커먼 그림자의 영역
어둠보다 더 검은 산등성이가
벽이 되어 내 머무는 곳을 에워싼다

생각 없이 바깥 풍경만 보고
다시 닫힌 틀 안에 갇히는 나는 나일 뿐

의식意識·1

나뭇잎이 달빛을 받아 칼날처럼 번뜩인다
고독하고 어두컴컴한 미궁 속의 바람

귀 기울이면 그 소리들은
아득한 곳에서 들려온다
공기는 더욱 투명해져 가고
내 촉각도 더 예민해져

숲의 중심에 발을 들여 놓는다
실체를 잡아먹는 공백처럼

의식 · 2

기척! 귀를 기울인다
기척! 이건 바람소리

또다시 기척!
이웃집 오리들의 행진소리
그 놈들 참!
앞장선 대장오리 그 뒤로 뒤뚱뒤뚱

기척! 누군가 마당에 내려서는 소리
모든 움직임은 느리게 느리게
이제야 생각난 듯 느리게 느리게

한 사람이 생각하는 몸뚱이
생동하는 몸뚱이
다른 자기의 기억이 지워지고
또 지워지지 않는 한 몸은
다른 마음을 섬기고

그러나 다른 한 몸은 또다른 마음을 섬길 수 없다는
바람소리
바람소리

우수憂愁

나무향기 그윽한 아침 길
시간을 따라간다
나무와 나무사이로 비치는
하늘이 너무 가깝다

하늘보다는 숲길을 안고 있는
색깔이 더 정겹다

햇살과
하늘과
숲

시간은
인연因緣을 따라 흘러가는 것

부질없는 미련도 회한도
시간의 뒤편으로 흘러가리라

거울 속의 나

거울이 내 공간을 지배한다

어느 날 해질녘
거울 속의 나
가뭄에 타는 풀포기
맞대고 웃어도, 조용히 맞대고 웃어도
소리 없는 나

서로 맞잡을 수 없는
서로 닳아버린 거울 속의 나
언제나 타인

여행

여행이 하고 싶다
세상을 만나고 싶을 때

세상은 이런 거야
인생의 쓴맛 단맛
곧 눈물이라도 쏟을 것 같은

사랑도 흔들리는 이 시대
사라진 시간을 담고 싶은 욕망
다시 그 자리에서 희망을 담고
나비가 된 듯 훠얼 훠얼
또다시 붉은 피 뚝뚝 쏟아낼 것 같은

영혼의 깊이로
죽음의 골짜기로
이 또한 여행의 의미지
흐르는 시간
오는 줄 모르게
가는 줄 모르게

4

삶의 아름다움

꿈을 담았던 도화지
흔들리더라도 두려워하지 않고

어제, 오늘 또 내일이 되면
그래도 살아 있음이 아름다울 것

그대의 의미

몸을 사르고
마음을 사르고
혼을 사른다

비가 내린다
촉촉이 내린다

마음으로 산다는 거
허망한 거
집착은 괴로움이다

마음껏 미워하고
마음껏 사랑하고

시간을 상자 속에 저장해두는
의미 없는 날

너는 나의 그림자
나는 너의 그림자

한恨

바람, 바～라～암
메마른 마음에 찬바람이 스치면
뻥 뚫린 가슴에 밀려드는 고통
새벽안개가 발목을 옥죄어와도
언제나 함께 하는 추억
그리고 그리움
말없는 스산함으로
조용히

가슴의 얘기들이 내게 말을 전하는구나
한의 사연 눈물로 얘기하려 하는구나
세월아, 세월아, 어찌하여 메우려 하느냐

여생餘生 · 1

어둠을 가르고
바쁜 모양새로 새벽잠을 깨우고
한쪽의 생각은 슬프디 슬프게
또 한쪽의 생각은 따뜻한 바람
빛깔 고운 꽃잎을 생각하고

오늘은 입을 몇 번이나 열었을까
바쁘게 살고 싶은 것은 마음뿐이니
난 이렇게 시들어가는 것일까
그믐달 밤 어두운 밤길처럼

여생 · 2

마음이 머물다간 거푸집
마음이 벗어놓은 허물들

벌거숭이된 내 마음
까치알만한 작은 구멍이 뽀곡 뚫리면서
싸아한 슬픔이 밀려나온다

이미 젊음도 지나고
내려가야 할 때는
조심해야 하리

그것이 내게 남은 전부라면
외면하지 말자
세련되게

눈송이

큰송이 작은송이 눈꽃송이
너울너울 드넓은 공간
천국에서 내려오는 우아한 모습
지옥과 천국을 순간순간 헤일 수 없이

무엇이 보고 싶어
무엇이 궁금하여
먼저 떠난 님의 넋이 내려앉는가
바라보는 우리들은 행복하건만
흔적 없는 너의 모습 안타까움이구나

갈등 · 1

이기는 마음에 지는 마음
참는 마음에 참지 못하는 마음
되는 마음에 안되는 마음
갈등 갈등 또 갈등
모든 것 훌훌 벗자
삶은 아직도 많이 남아 있으니!

갈등 · 2

머릿속은 허무와의 전쟁
내 영혼의 나신을 보여줌의 싸움

혼이란 실체가 아닌 것
인간이 지어낸 허구

저녁 들판에서 다시 탄생하는 내 삶의 뿌리
끝 간 데가 어디일까?

겨울

눈이 내린다
그리움이 내린다

그리운 사람 더불어
추억도 불현듯

잊혀진 시간을 바라보는 것만으로도
일상에서 깨어난다

천지 사위에
겨울이 내려 앉고

사람들 가까이 가까이
눈이불을 덮는다

행복에 대하여

때론 복잡하고
때론 답답한 느낌이 들 때

걸음 한 걸음 뒤로 밀리고
혼란스러움이 느껴질 때

진정으로 행복했던 일
행복이 가져다줄 일에 대하여
생각해봄은 어떠하리

가슴앓이

왜 가슴앓이를 하는가
마음을 비운 것은 말뿐인가

반복되는 서러움은 누구의 탓도 아니다
한없이 방황하는 마음 탓이다

발걸음조차 떼어놓지 못하는 나는 바보
홀로 떠나는 시간이 가까워진다

모두 다 사랑하면서도
나만이 외로워지는 느낌
가슴앓이가 오르락 내리락

낭만에 대하여

낭만적인 사랑은 환상
행복해지기 위해 사랑을 원한다

사랑은 낭만을 잉태하고
낭만의 본질은 허구虛構
또는 이상화된 상상想像

거짓과 거짓말의 시작일 뿐

함박눈

함박눈 살포시
나뭇가지 위 소리없이 내려

이른 봄 쑥버무리 닮았고
유리창 밖 앞마당은 백설기 닮았다.

멍들은 마음속까지 빛 비추는 함박눈
모든 것 훌훌 털고 눈 속에 함께
털썩!

나그네

새로운 길 찾아 가는 나그네의 속생각
풍경 속의 서정에
혹은 나그네의 눈망울에
언뜻 비치는 상상력

길 위의 나그네
마음의 정처를
감내하는 고독의 그림자

궁핍의 한가운데서
생명수 한모금

멀리서 손드는 손길도 이젠 이쁜
시간과 함께 멀어지는 나그네의 길

슬픈 사랑

죽음을 앞둔 최후의 몸짓
돈, 권력, 섹스
모두 다 슬픈 사랑의 몸짓

괴로움, 즐거움, 슬픔
그냥 거기에서 부딪칠 수밖에 없는
그것 또한 슬픈 사랑

나눔도, 욕심도, 길동무를 맞으려던 그 몸짓도
묵은 땅 헤집어 내 한 몸 숨길 곳
삶은 모두가 슬픈 사랑이네

새로운 출발

새소리
물소리
벌레들의 울음소리
저문 하늘 별들의 속삭임

생명이 무기력해진 권태 속에서
껍질이 깨지는 아픔을
감내해야 하는 또하나의 숨결

거짓 채색된
희극놀이

언행言行

한몸이 주主와 객客으로
고통스럽게 실랑이하는 생生과 사死
노여움과 즐거움도 사랑
헤어짐을 생각하고
혹은 권태에 빠지고
혹은 불안에 몸부림친다.

귀와 입이 일치하면
스스로 나를 찾는
희망이 있다.

꿈

수평선
성난 사자처럼 파도가 치다가도
순한 아이 숨결처럼 잔잔해진다

욕망은 높은 하늘로 날고 싶고
깊은 바다 밑으로 들어가고 싶고

마음이 없으면 아픔도 없듯이
숨결처럼 자기 안에서의 꿈,
꿈!

주름

아픔이 지나간 흔적
슬픔이 건너간 흔적
행복을 말해주는 또 하나의 흔적

거울 속으로 가라앉는 고독과 고통은
행복과 불행의 멍에
누구도 피할 수 없는
세월의 누더기

겨울 강

뚝방길!
경사진 도로 밑 줄지어 선 비닐하우스
섣달의 노다지
싱싱하고 상큼한 맛

반대 쪽 남한강 줄기
굽이굽이 얼어버린 강
궁금하다
어디에서 어디까지
얼었을까
두께는 얼마일까?

아침마다 만나는 뚝방길
내일은 또 다른 모습일 거야

눈

겨울의 끝에서 눈이 옵니다
골 메우고 상처 난 흙길도 덮어
온천지가 한 색깔 눈

기다림 부풀어 구름이 되었다가
산을 덮는 행복의 눈
슬픔의 눈이 옵니다

한움큼 사랑의 눈
가까이 할 수 없는 그대

사랑의 이유

사랑하기 때문에
사랑하는 것일 뿐

사랑엔 이유가 없다

난롯가에서 · 1

나무에게서는 더 이상
색바랜 갈색 잎마저 찾아볼 수 없다
사나이 같은 거친 소리뿐

불을 피우지 않은 벽난로엔 아직도
불꽃처럼 보이는 환상들이 수북

어둠 속의 별처럼 또렷하게 그려지는
그대의 그림자

끝없는 그리움은
신새벽의 안개 속에 묻어 두리라

난롯가에서 · 2

벽난로엔 불이 이글거리고
하늘 아랜 불 피운 연기가 너울진다

저 모퉁이 돌아
해와 달이 숨은 길로 갈지도 몰라

땅거미 내려앉으면 별이 빛을 내고
지나가렴!
사라지렴!

세상

지평선 위로 해가 솟을 무렵
밤 새운 작은 별들이 총총

언젠가는 이 아침의 풍경도 추억으로 남을 터
하지만 지금 이 순간이 내일 잔치의 순간이기도

세상은 참으로 보이는 것일 뿐
말이 꼭 필요할까?

교감交感

캄캄한 밤에는 불빛이 가깝게 보인다
그 작은 불빛이 큰 희망으로 보일 때, 잠깐!
너는 누구냐구?
나 없는 너는 없다구!

그 빈자리에
술술 바람이 통하는 허전함에 못견뎌 했을 것

샘물 한 모금 마실 때마다
자연과 교감하는
그 목숨과 샘물 사이에 연속성까지
읽어내는 감각
무섭다!

삶의 아름다움

넉넉한 들판
넉넉한 햇살

가는 바람은
꽃잎들을 마냥 흔들고
내 안의 바람은
슬픔

꿈을 담았던 도화지
흔들리더라도 두려워하지 않고

어제, 오늘 또 내일이 되면
그래도 살아 있음이 아름다울 것

속삭이는 바람

언덕에서 바람소리가 들린다
고요한 밤

바람이 내게 속삭인다
그래도 말은 들리지 않고
나는 몸을 흔들어 살짝
어루만진다

바람은 내 손을 잡고도
나를 안아주지 않는다

어느 날인가 바람은 나를 찾을 것이다
누군가의 그리운 목소리 되어

이승의 밖

외줄을 잡고 세상 밖으로!
어둠에서 밝음으로의 생활
그 고통은 멀리 떠났고

이승에서의 떠남은?
겪어보지 않았으므로
세상 밖의 고통과 견주어 볼 만한 것인지!

불모의 빈터에서 새 풀이 자라나듯
경이로운 경험
탐욕, 노여움, 어리석음, 게으름, 시기, 질투
경험해 봤던 세상이 좋다고

가보지 않은 미지의 세상은
모체母體에서 탄생보다 더 힘들 것

때론 가슴이 뛰고
때론 한껏 부플려진 풍선처럼
이승에서의 떠남은 바로 독약이었던가!

어머니 · 1

수많은 날들은 떠나갔어도
새파란 하늘 저멀리
비바람 모진 된서리

팔십 평생 휘어굽은 허리
아직도 호미질 하는 어머니!

이쪽저쪽 짝짝이 양말 신고
그래도 즐거운 어머니
지나간 자욱
아롱아롱 더욱 빛나네

모성은 봄바람
육신은 낙엽 되고
정신은 서리 맞은 야생초

그날 그 젊음 지금 없어도
알알이 맺힌 진주알
여든 나이의 무게
남은 햇살이 아쉽구나

어머니 · 2

여자로서의 여성은 누구나 갖을 수 있지만
어머니로서의 어머니는?

뿌옇게 하늘이 열리고
산이 살아난다

넘실거리는 숲을 내려와
살아 움직이는 숲의 물결과
그 속에 몸담은 몸 담아 살아가는
뭇생명들이 아름답고

해뜨면 아침이고
해 기울면 밤이 되고
배고프면 밥 먹고
목마르면 물 마시고

멈추어 있는
시계는 마음의 시계와 같고
한때 달리는 말처럼
분주했던 마음들은 멈춘 지 오래이고

아름다움도 사랑도 멈춘 지 오래이고
바쁜 것은 때때로 일렁이는 욕망뿐
비로소 삶의 진액을
찻잔에 담는다

여성으로의 찻잔!
어머니로서의 찻잔!

세모歲暮

한해를 보낸다
줄어지는 생

새옷 입었던 추억은 일상에 헝클어지고
시간의 바퀴 돌아갈수록 알몸 되어진다

누구라도 함께 하고 싶은 날